I SPY A

A

is for

ARROW

ANSWER

I SPY AND COUNT

I SPY

I SPY B

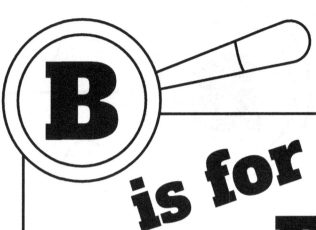

B

is for

BUNNY

ANSWER

I SPY AND COUNT

I SPY

I SPY C

C is for

CART

ANSWER

I SPY AND COUNT

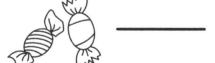 _____

 _____

I SPY

I SPY D

D is for **DAISIES**

ANSWER

I SPY AND COUNT

I SPY

I SPY E

E is for

EGGS

ANSWER

I SPY AND COUNT

 _____

 _____

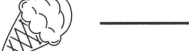 _____

 _____

I SPY

I SPY F

F is for **FAMILY**

ANSWER

I SPY AND COUNT

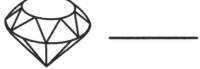 _____

 _____

 _____

 _____

I SPY

I SPY G

is for

GIFT

ANSWER

I SPY AND COUNT

I SPY

I SPY H

H is for **HOME**

ANSWER

I SPY AND COUNT

I SPY

I SPY

is for

ICE CREAM

ANSWER

I SPY AND COUNT

 _____   _____

 _____    _____

I SPY

I SPY J

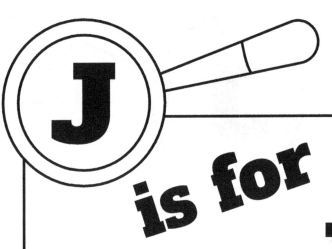

J is for

JEWEL

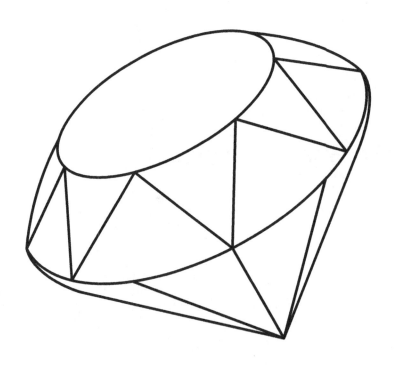

ANSWER

I SPY AND COUNT

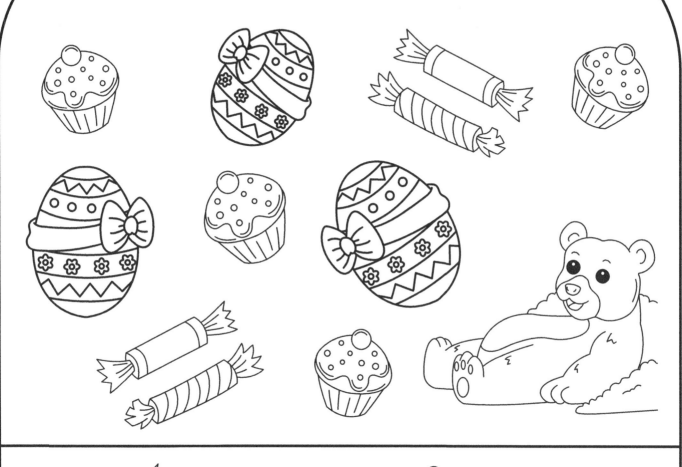

 _____   _____

 _____   _____

I SPY

I SPY K

K is for

KISSES

ANSWER

I SPY AND COUNT

 _____

 _____

 _____

 _____

I SPY

I SPY L

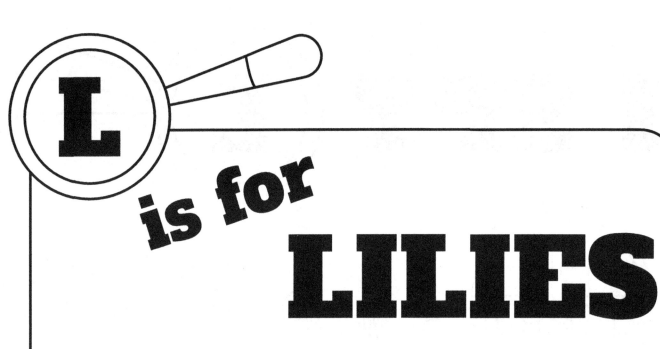

L is for **LILIES**

ANSWER

I SPY AND COUNT

 _____

 _____

 _____

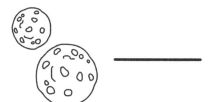 _____

I SPY

M is for **MUSIC**

ANSWER

I SPY AND COUNT

 _____

 _____

 _____

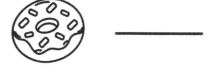 _____

I SPY

I SPY N

I SPY AND COUNT

I SPY

I SPY O

O is for

ORNAMENT

ANSWER

I SPY AND COUNT

 _____

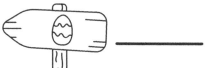 _____

 _____

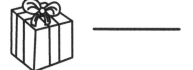 _____

I SPY

I SPY P

P is for

PUDDLE

ANSWER

I SPY AND COUNT

 _____

 _____

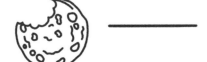 _____

 _____

I SPY

I SPY Q

is for

QUEEN

ANSWER

I SPY AND COUNT

I SPY

I SPY R

is for

ROSE

ANSWER

I SPY AND COUNT

 _____

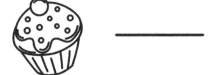 _____

 _____

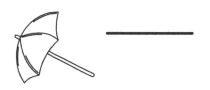 _____

I SPY

I SPY S

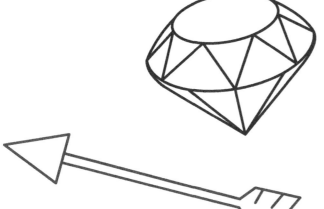

 **is for**

STRAWBERRY

ANSWER

I SPY AND COUNT

 _____

 _____

 _____

 _____

I SPY

I SPY T

T

is for

TEA

ANSWER

I SPY AND COUNT

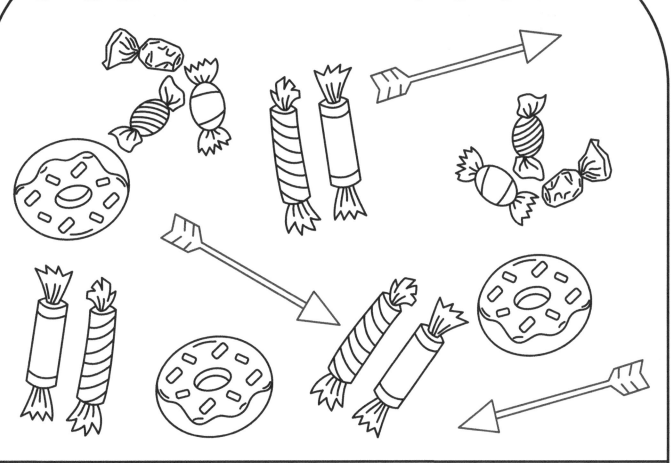

 _____

 _____

 _____

I SPY

I SPY U

U is for **UMBRELLA**

ANSWER

I SPY AND COUNT

 _____

 _____

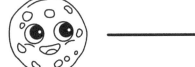 _____

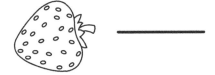 _____

I SPY

I SPY W

is for

WAFFLE

ANSWER

I SPY AND COUNT

I SPY

Let's Solve The Maze & Color The Numbers!

1. GREEN   3. WHITE   5. YELLOW   7. VIOLET

2. BLUE   4. BROWN   6. RED   8. PINK

1. GREEN   3. WHITE   5. YELLOW   7. VIOLET

2. BLUE   4. BROWN   6. RED   8. PINK

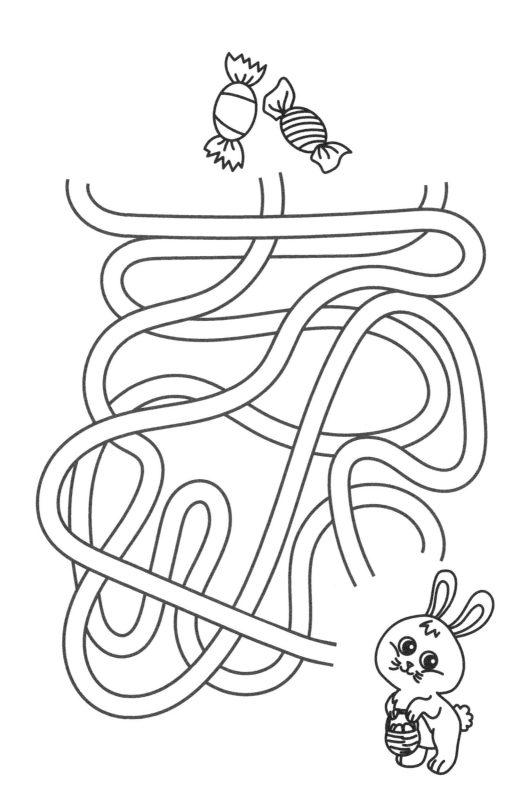

1. GREEN   3. WHITE   5. YELLOW   7. VIOLET

2. BLUE   4. BROWN   6. RED   8. PINK

1. GREEN   3. WHITE   5. YELLOW   7. VIOLET

2. BLUE   4. BROWN   6. RED   8. PINK

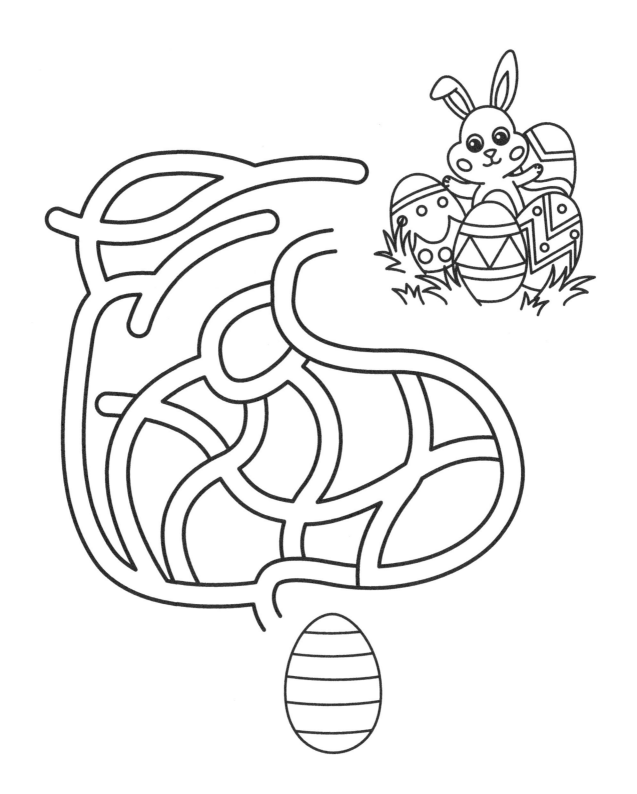

1. GREEN   3. WHITE   5. YELLOW   7. VIOLET

2. BLUE   4. BROWN   6. RED   8. PINK

1. GREEN   3. WHITE   5. YELLOW   7. VIOLET

2. BLUE   4. BROWN   6. RED   8. PINK

Made in the USA
Las Vegas, NV
14 February 2024

85760708R00057